KB269493

사랑그리기 11

바람으로 불어온 그대 향기 그리움에 날리고

사랑그리기 11

바람으로 불어온 그대 향기 그리움에 날리고

김경구 시집

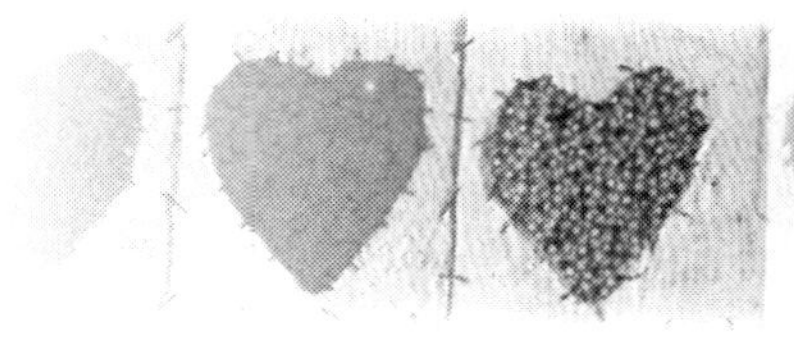

책머리에

　오래간만에 들려오는 빗소리에 창문을 열었습니다. 그리곤 창가 곁 조그만 탁자에 앉아 귀를 적시는 빗소리에 취해 봅니다. 비 때문에 추억도 많았던 지난 시간들이 더러 눈물나게도 하지만 잔잔한 웃음을 던져주기도 합니다.

　반복되는 일상속에서 그래도 제가 덜 건조했던 것은 아마도 젖을 수 있는 추억이 있었기 때문일 겁니다. 행여나 하고 가슴 졸이던 시간 속에 많은 세월이 흘렀고 가슴 시려 죽을 것만 같았던 전 이렇게 열심히 살고 있습니다.

　그런가 봅니다. 아픔은 또 다른 기쁨을 가져오는가 봅니다. 아마도 제게 그런 속앓이 정도 없었다면 지금의 일상들을 소중히 생각하지 못했을 것인데, 그 아픔을 겪어 오히려 작은 일에도 감사드리는 소중한 마음 갖게 되었습니다. 어느 새 다섯번째 시집이 나왔고 번번히 등장시킨 그 사람에게 미안할 뿐입니다.

　이젠 진정 나 자신을 찾아가는 여행을 하고 싶습니다. 그리고 저의 자리로 돌아와서 진정한 글을 쓰고 싶습니다. 원고 정리에 도움을 주신 모든 분들 특히 김윤길 님, 박상호 님, 강성은 님께 감사드리며 등불출판사 가족 모든 분들께 깊은 감사를 드립니다.

사랑은 더러 아픔도 동반하지만
사랑은 이 세상에서 가장 아름다운 것이라고
말하고 싶은 깊은 밤에
충주에서 **김 경 구**

차례

제1부
그대를 그리며

차례

차례

제3부
계절 속의 사랑

차례

제4부
커피 한 잔의 그리움

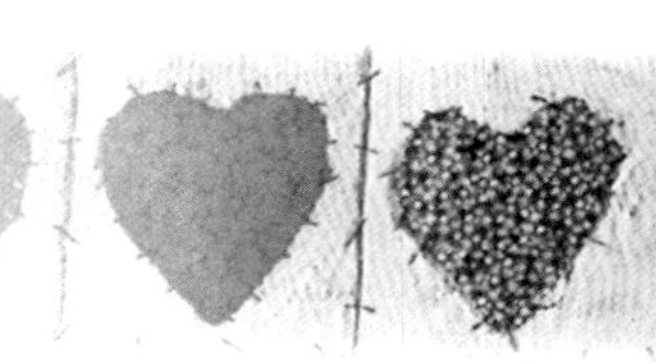

제1부

그대를 그리며

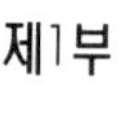

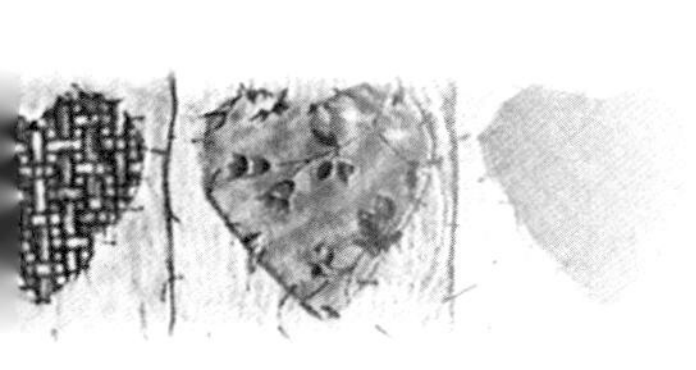
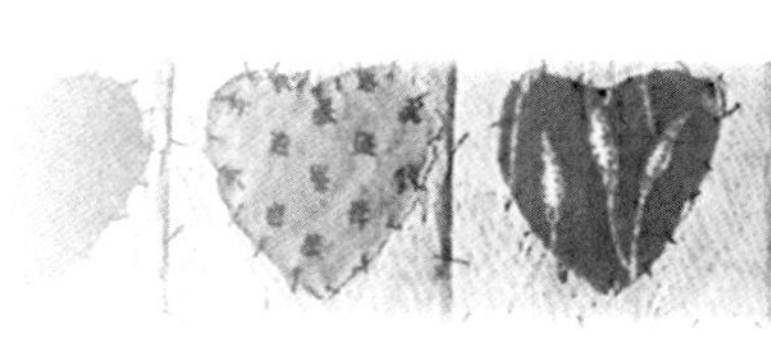
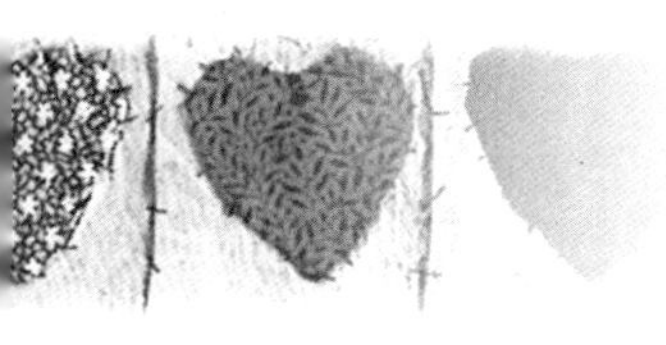

세월가도

하루의 시작이나 하루의 마감시간이면
가장 슬프거나 가장 기쁠 때면
그 계절 처음 보는 꽃이나
처음 대하는 과일을 보면
비오는 날 느낌 있는 한 잔의 칵테일을 마시거나
눈 오는 날 따스한 한 잔의 차를 마실 때면
늘상 떠오르는 당신

수많은 세월이 흘러도
사랑하던 그때 그 시간의 느낌은
변하지 않고 그대로 그대로
내 가슴에 남아 있으리라.

바람으로 불어온 그대향기 그리움에 날리고

성서동, 그 거리에 서면 · 1

아카시아 꽃 타래 줄줄이 늘어지는
오월의 햇살 눈부신 날
보랏빛 등꽃 타래 줄줄이 늘어지는
상큼한 향기 가득한 날
그대와 나
성서동 거리에서
그저 같이 있다는 것만으로도
세상 부러운 것이 없었지

아!
오늘처럼 햇살 따스한 날에는
창 넓은 성서동 그 찻집에서
그대와 커피를 마시고 싶다.

성서동, 그 거리에 서면 · 2

채송화 꽃물 같은 노을 번지는
한폭의 수채화 같은 시월
가을 안개 자욱한 거리
이내 비마저 내리는 날
그대와 나
성서동 거리에서
가슴앓이 심하던 사랑
파아란 우산 속의 첫 입맞춤

아!
오늘처럼 가을비가 하염없이 내리는 날에는
노오란 은행나무 가로수
성서동 그 거리에서
그대와 밀회를 나누고 싶다.

바람으로 불어온 그대향기 그리움에 날리고

그리운 그대

왜 이리 힘든가요
그대에게
지쳤다 말하지 못하고
야위었다 말하지 못하고
울었다 말하지 못하는 이 심정
그대를 사랑하는 것은
기쁨이었는데
슬픔보다 더 깊은 고통은 왜인가요

그대 이제 분명 타인인 것을
왜 난 믿지 못하며
하루하루를 그대 생각에 보내나요
이렇게 그리움만으로 살다가 돌아가는 것이
우리네 인생이라는 건가요
너무합니다
이 질긴 목숨
어느 순간 종지부를 찍을런지 모르지만
숨쉬는 것조차 힘든 건 왜일까요

아픈 오늘
그대의 목소리는 그 어떤 약보다
제겐 위로가 되었습니다
전화기의 목소리
그대와 지내던 밤 숨결을 느끼는 것 같아

바람으로 불어온 그대향기 그리움에 날리고

두 눈덩이 뜨거워졌습니다
허물을 벗듯
나 자신의 과거를 한 겹 벗고 나면
또 다른 나로 태어나 살 수 있을까요

수많은 사람 중에
당신을 만난 것을 행복이라 얘기해야 하나요
불행이라 얘기해야 하나요
계절은 바뀌고
그렇게 시간은 흐르지만
그리움은 지칠 줄 모르고
더더욱
내 가슴에 커가는 것을……

바람으로 불어온 그대향기 그리움에 날리고

삶의 무게

무작정 떠난 그 산장에서
눈물자국 남긴 채
잠이 든 그대 모습
창문으로 새어들어 온
손바닥만한 달빛이
야윈 그대 모습 비출 때
그대 나보다 더 힘겨웠을
삶의 무게를 생각하니
마음 너무 아파
소리 죽여
얼마나 울었는지 모릅니다

갈대 서걱이는
저편 멀리
어느 새 새벽이 다가올 즘에도
난 여전히
석고상처럼 그렇게 서 있었습니다.

바람으로 불어온 그대향기 그리움에 날리고

문득이었지만

바람이 몹시도
부는 밤이면
문득 기대고 싶은
따스한 사람이 필요했습니다
겨울비가 몹시도
내리는 밤이면
대강 옷을 걸치고
차 한 잔을 마시며
애기할 수 있는
부담없는 사람이 필요했습니다

문득
정말 문득이었지만

그대는 차가운 외면을 남긴 채
참 많고도 긴
기다림을 남겨놓은 채
나에겐 초라한 야윔만을 만들어 놓았습니다.

바람으로 불어온 그대향기 그리움에 날리고

사랑 그 밤에

어둠이 고이는 시간
책상에
턱을 괴고
사랑을 그려본다

만남 그리고 이별
끝내 인생은
혼자 돌아가는데

왜 슬퍼해야 하나
왜 그리워해야만 하나

사랑은
받는 것보단
주는 것이 아름답다는데

사랑은 욕심이 아니라
소유가 아니라
진실로
편히 쉬게 도와주는 것이라는데
그것이 행복이라는데

바람으로 불어온 그대향기 그리움에 날리고

왜 난
그것이
진정한 아름다움임을
뒤늦게 깨달았을까

안타까운 지금의 심정
하나하나 파편 되어
밤하늘에
가득 박혀 있다.

바람으로 불어온 그대향기 그리움에 날리고

고백

그대 분명 잊는 거지요
감정 속이며
안 그런 척 하는 거지요

왜 돌아서야 했나요
보고 싶습니다
이렇게까지 우울증에
시달리게 될 걸 알면서도

듣고 싶습니다
그대의 향내나는 목소리
보고 싶습니다
그대 향한 그리움
언제까지 안고 살아가야만
하는 건가요

전생의 제 업
그리도 그리도 많았던가요

아님 그대 왜 다가왔나요
제가 먼저 사랑했던가요
제가 먼저 이별하자 했던가요

보고 싶습니다 그대 단 한 번만이라도.

바람으로 불어온 그대향기 그리움에 날리고

당신은 내게

나의 눈물이
훗날 당신의 웃음이 된다면
그깟 눈물쯤이야 아픔이 될 수 있겠습니까
나의 가슴앓이
훗날 당신의 행복이 된다면
그깟 가슴앓이쯤이야 상처가 될 수 있겠습니까
온몸
눈물로 눈물로 대못 박힌 듯
심한 상처와 통증이 난다 해도
사랑할 수밖에 없는 당신
사랑해야만 할 당신
그런 당신은
여전히
나의 사람입니다.

연어

그 많은 사람들 중에
잦은 만남과 이별의 반복 속에
어렵사리 만난 당신과 나

당신을 만나면서
사랑은 참 크다고 느꼈습니다

행복도 불행도
기쁨도 슬픔도
그 어떤 고통까지 담아도
넘치지 않는 아름다운 그릇이었습니다

그러던 어느 날
서걱서걱 나뭇잎 흔들리는 날
우리 서로의 길이 있기에
아픈 안녕을 말해야만 했습니다

그대여
저는 이제 연어처럼 살아가겠습니다
여기에서 더 먼 곳으로 떠나
인생의 참의미와 사랑의 참모습을 공부하여
우리 처음 만난 그곳으로 돌아가겠습니다

바람으로 불어온 그대향기 그리움에 날리고

그대 미처 돌아오지 못했거나
제가 싫어 돌아오지 않는다 해도
언젠간 돌아올 그대를 꿈꾸며
우리들의 사랑 추억을 그리며
그대의 행복을 빌며 두 눈을 감겠습니다

훗날 오렌지빛 나는 연어를 본다면
그냥 스쳐가지 말고
연어의 맑은 눈 속에서
저를 잠시 생각해 주셨으면 합니다.

바람으로 불어온 그대향기 그리움에 날리고

어느 만큼

당신
어느 만큼 오고 계십니까
쉬다 쉬다
그렇게 오십니까
전 당신이 쉰 만큼
숨이 막히고
꼭 죽을 것만 같습니다

당신
정말 어느 만큼 오셨습니까.

죽도록 사랑합니다

떠난 당신이라구요
떠남은 영원한 것이 아닙니다
전생에 우리 어떠한 인연으로
현생에 만난 건지
후생에 또 어떠한
모습으로 만날지 모를 일입니다

사랑합니다
사랑합니다

나 그 누굴 만나 또 사랑하겠지만
당신 사랑함을 잊지 못할 겁니다
제 가슴 저 밑에
잊혀질 듯 잊혀지지 않을 듯
남아 있을 겁니다

사랑합니다
사랑합니다
죽도록 당신을 사랑합니다.

바람으로 불어온 그대향기 그리움에 날리고

내가 그를

●

새벽
이렇게 가슴 시린 것은
내가 살아있다는 것
그것은
그가 살아있다는 것
그것은
내가
그를 멈출 줄 모르고 사랑한다는 거.

바람으로 불어온 그대향기 그리움에 날리고

추억 풍경

그대의 배꽃 같은 웃음
그대의 토란잎 같은 마음
햇살 내려 앉은 창가
프리지아 화병이 놓인
조그만 탁자에 앉아
하이얀 연기 속으로
그대와의 추억 풍경을
한점 한점 그려봅니다.

바람으로 불어온 그대향기 그리움에 날리고

또 사랑 확인

술 한 잔
또 한 잔
그리움으로 갈증난 목구멍
젖게 하지만
끝내 활화산처럼 타오르는
내 사랑
내 사랑.

바람으로 불어온 그대향기 그리움에 날리고

헬 수 없는 날

정든 그 사람
곁에서 하룻밤
지치도록 얘기할 순 없을까
다른 사람 앞에서
그 사람
자랑스럽게 얘기할 순 없을까

오늘도 난 여전히
가슴
무
너
짐.

바람으로 불어온 그대향기 그리움에 날리고

아침 그리움

불면의 새벽을 뒤척이다
아침을 알리는 새소리에
담배 한 개비 피워 물고
창문을 열었습니다

서늘하게 밀려드는 초가을 바람

아! 그것은 그 사람이 남기고 간
또 다른 그리움
그것이었습니다.

바람으로 불어온 그대향기 그리움에 날리고

반쪽 사랑 씨앗 한톨

가슴 밭에 묻어 놓은
반쪽 사랑 씨앗 한톨
시간의 흐름 속에
그리움으로 키가 자라
아픔으로 꽃이 피었습니다

속으로만 속으로만 피어 오른
고통을 참지 못하더니
어느 새 눈가로 비집고 나와
투명한 꽃잎을 흩날렸습니다.

바람으로 불어온 그대향기 그리움에 날리고

오늘 예감

맑은 아침입니다
커피 한 잔에 그대의 모습을 느끼는
향기나는 아침입니다
그대 향기는
더러 마음을 시리게 합니다

그대여
우리 이렇게 잊혀지는 건가요
아님 이미 잊어버렸나요
날 위해서
그대를 위해서

그대와 나
긴 인생으로 보면
짧은 사랑이었지만
어쩜 그 사랑은 우리 인생보다
더 긴 그리움으로 남겨질 것만 같습니다.

바람으로 불어온 그대향기 그리움에 날리고

유서 같은 소망

이 세상에
영원한 것이란 없다고들 합니다
사람의 목숨 또한
영원하지는 않잖아요
그러나 단 하나
헛된 욕심인 줄은 알지만
오늘 신께 기도합니다
제가 죽어 몇 억겁의 세월이 흘러도
그대에게 향했던 사랑
새끼 손톱만큼 정도는
깊은 산 작은 꽃으로라도
남았으면 좋겠다구요.

바람으로 불어온 그대향기 그리움에 날리고

제2부

잊으려 잊으려 해도

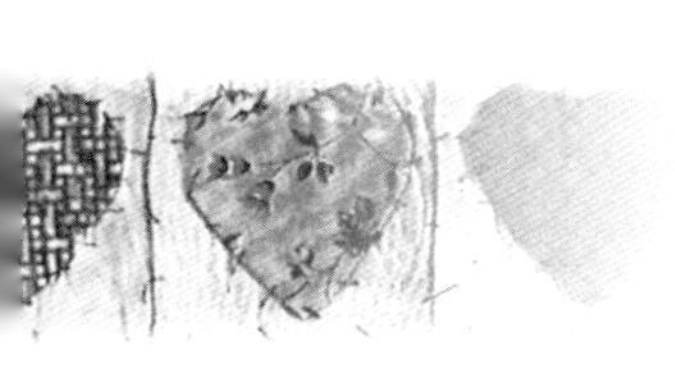

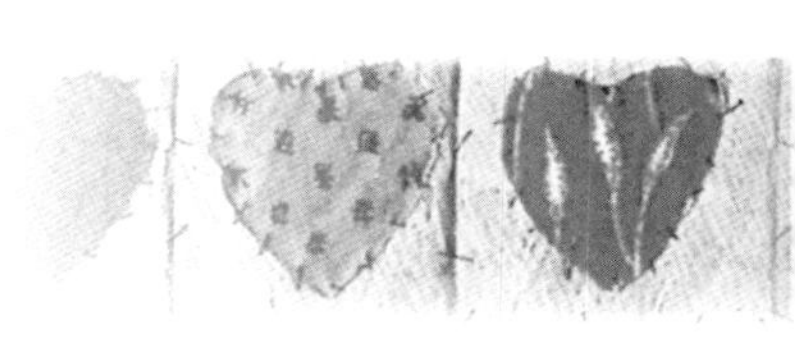

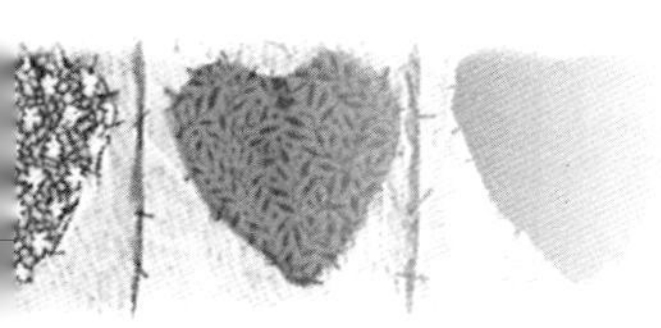

잊으려 잊으려 해도

그대 내 곁에 없다는 이유만으로

이별 전이나
이별 후나
그대와 나
같은 하늘 아래서
똑같이 숨쉬며 살아가는데
왜 이토록 가슴시림만
더해 가는지
왜 이토록 가슴앓이만
더해 가는지.

바람으로 불어온 그대향기 그리움에 날리고

후일까지도

비 내리는 창가에 앉아
추억 속에 젖어 오는
그대라는 사람
내 가슴을 끝내 적셔 놓았습니다

차라리
그 어떤 나쁜 말
던져 두고 갈 것이지
왜 미련을
남기고 그렇게 가나요
칵테일 한 잔에
나 눈시울 붉히는 것은
미움의 의미가
절대 아님을 그대는 알겠지요

그대
남기고 간 레코드 몇 장
나 홀로 있을 때 듣는 것은
조금이나마 그대 잊기 위함이 아니라
나 그저
진실한 마음 간절함 하나 뿐임을
그대는 알겠지요

바람으로 불어온 그대향기 그리움에 날리고

그대,
그대 잊으라 미소짓지만
어찌 그리 쉬이쉬이 잊겠는가요

사랑할래요
사랑할래요
후. 일. 까. 지. 도.

바람으로 불어온 그대향기 그리움에 날리고

내가 원하는 사람

오늘
우울합니다
누구를 만나도
당신과의 비교에서 오는
잦은 생각의 교차로
당신 때문에
그 누구도 사랑할 수 없음이
가슴 아픕니다

정말이지
편안한 사람을
단 한 번 더 만나고 싶습니다

눈빛 하나로도
가슴 따스하며
말 한마디로도
모든 것을 헤아릴 줄 아는
그런 사람
한 번만 진정으로 만나고 싶습니다

바로
바로 당신 같은 사람을 말입니다.

바람으로 불어온 그대향기 그리움에 날리고

그대 떠난다 해도

사랑이란 말보다
좋아한다는 말이
어울릴 우리 사이
사랑과 좋아함의
크고도 먼 공간을 사이에 두고
아직은 어떻게 될지 모르지만
그 어떤 것에도
절대 후회 같은 건 않을래요

예전처럼
호흡보다 빈번한 그리움으로
눈물빛으로 흥건히 고여드는 여운은
남기지 않을 것이고
지치고 야윈 현실을 떠올리며
슬프게 엎드려서
추억을 아프게 떠올리지도 않을 것이고
숱한 날들을 짙은 슬픔으로
불면에 시달리지 않을래요

떠나고 떠나는
만나고 또 만나는 세월의 겁(劫)
내 무슨 방법으로 막겠어요

후일 나 또한 그렇게 떠날 것을……

바람으로 불어온 그대향기 그리움에 날리고

그대에게 알림

그대를 만나고 헤어진 지도
그대와의 마지막 전화통화도
많은 세월이 흘렀습니다

그대와의 이별이
처음엔 너무도 힘겹고
견딜 수 없는 고통이어서
이 세상 어떻게 살아갈 수 있을까
매일 생각했는데
나 이렇게 멀쩡히 살아 숨쉬니

하지만 그대 잊고
행복하다는 뜻은 아닙니다
스쳐가는 바람 한결에도
떨어지는 빗방울 소리에도
온 가슴 무너짐을 느꼈고
그대와 닮은 뒷모습만 봐도
목젖까지 차 오르는 그대 그리움에
마음 둘 곳 없는
깊은 외로움에 젖어 버리곤 했습니다

그러나 이미 남이 된 그대
사랑할 적 보낸 시간보다
앞으로 살 날이 더 많이 남은 시간에

이것이 그대 행복을 위해
내가 겪어야만 하는 것이라면
내 가슴에
그 어떤 상처보다 큰 고통이 되더라도
여전히 그대 사랑함에
참고 견딜 것을
오늘 이 시간만큼은
알려드리고 싶습니다

그대를 사랑하는 것은
그대가 나에게 주는 기쁨은 물론
그 어떤 고통과 아픔까지도
모두 사랑한다는 것을
이미
그대 사랑하기 시작할 적에
정해 놓았던
굳은 맹세입니다.

바람으로 불어온 그대향기 그리움에 날리고

이별 그 이후 풍경

그대를 만난
내 나이 늦은 해

단풍잎 떨어지며
안개 짙은 어느 날
그렇게 내 가슴에
조금씩 다가오더니

그대
어느 새 가슴을 적셔 놓고
추억 남겨 놓고
안개 속으로 멀어졌지요

그대
분명 내 사람 아닌가 봐요
이별 후
그대도 나처럼
추억을 줍고 있는 줄 알았지만
그대는 단 한 번도 그러지 못하고
다른 사랑을 꿈꾸나 보아요

난 우리가 자주 찾던 찻집도
수천 번 갔었고
전화벨만 울려도

바람으로 불어온 그대향기 그리움에 날리고

가슴이 멎는 듯했고
그대 향기 바람 속에서 스치는 날이면
심장이 차가워진 듯한 적도 많았어요

그래도 그대는
단 한 번 우연히라도 마주칠 수 없더군요.

바람으로 불어온 그대향기 그리움에 날리고

떠나가 주시겠어요

떠나가 주시겠어요
전
과거가 있는 사람입니다
두 번씩이나
가슴 도려내는
아픈 상처를 얻기는 싫습니다

며칠 후면
바다 보러 가기로 약속한
처음 떠나는 여행의 날입니다

그 약속의 날이 가까워질수록
웬지 모를 초조함이 있습니다
그건 아마도
좋아함이 사랑으로 바뀔까 봐
느끼는 두려움이라 생각됩니다

떠나가 주시겠어요
적어도
우연히라도
마주치지 않는
먼 곳으로
아주 먼 곳으로.

바람으로 불어온 그대향기 그리움에 날리고

너무나 사랑했기에

너무나
미워했었고

너무나 원망도 했었고

그래서 너무나 지쳤고
너무나 너무나도

그래도 이 시간
너무나 그리웁고
한없이 보고 싶은
떠난 사람

단 하나의 사람이여.

그대 제발

어눌한 밤
또 그 시간 속에 묶여
나 헤어나오지 못한 채
울먹거리며 추억을 쪼개어 먹는
낡은 한 사람이 된다

부대끼며 부딪치며 살아온 지금
좋은 사람 보내 놓고
뒤늦게 후회하는 건 뭐람

한톨의 자존심
끝끝내 버리지 못하고
작아지는 내 자신이
오늘은 한없이 쓸쓸해 보인다

내 잘나면 얼마나 잘났기에
속인 감정
감춘 느낌
정직하게 털어 놓으려 하는지

살갗으로 느끼는 냉기
온몸으로 번지는
그대 그리움 한 조각
삼키지 못한 채

바람으로 불어온 그대향기 그리움에 날리고

울컥 토해내는 나
그대 생각하면
왜 눈물부터 나는지
그리고 언제까지
이렇게 지내야만 하는지

그대 망각 속에서라도
제발 떠나주라
나 너무 힘들다.

바람으로 불어온 그대향기 그리움에 날리고

중심잡기

아침 햇살에
투명하게 빛나는 이슬처럼
나 맑은 모습으로 살아가려
그렇게 하루를 열려고 했습니다
그대 떠나가도
내 생활 변함없이
그대를 만나기 이전처럼
그렇게 열심히 살려고
몇 번이나 맘 먹었더랬습니다
그러나
추억의 몇 장을 찢어낸 기분은
몹시도 허탈하고
그 어떤 것으로도 채우지 못하고
살아 있으면서도 살아 있지 않은
하루하루는 기우뚱 기우뚱
중심잡기 힘든 그런 날이었습니다.

마지막 날은

나 마지막 부서지는 날은 언제쯤일런가
그리고 그 부서짐은 어떤 형상일까
한겹 한겹 쌓여가는
검은 시간 속에서
시계 초침 소리만
빈 가슴을 한올 한올 아프게 바느질 하는데

그 부서짐 속에서는
그대 이름 한 번쯤 목놓아 부를 수 있을까
살아오면서 힘겹던 그리움의 눈물
정말 마음껏 흘릴 수 있을까
창 밖의 풍경 제 모습을 찾아가는
하얀 시간 속에서
왜 난 웅크린 채
점점 죄어오는 숨막힘만 반복하는 것일까
그 죄어옴의 마지막 날은 언제쯤일런가.

바람으로 불어온 그대향기 그리움에 날리고

그 사람

내가 제일 마음 주었던 사람
내게 제일 아픔 주었던 사람
새벽 눈 뜨면
밤 눈 감으면
맨처음 생각나던 사람
가장 기쁠 때 나보다 더 좋아했던 사람
가장 슬플 때 나보다 더 많이 울었던 사람
오늘처럼 나만의 공간에 앉아
그런 그대 생각하면
기쁨 반 눈물 반
그리고
그리고 불면의 밤.

너무나 너무나

우리들의 추억 찾고 싶어
그대의 사진 위에
살며시 입맞춤하는 내가
너무나 슬퍼

사진 위에 방울방울 눈물 고여도
여전히 아무일 없는 듯
웃고만 있는 그대
너무나 미워.

바람으로 불어온 그대향기 그리움에 날리고

아직도 필요한 두 가지

아직도
그대 그리움엔
시린 강물과
메마른 가슴이
필요합니다.

바람으로 불어온 그대향기 그리움에 날리고

세상을 살아가다 보면

세상을 살아가다 보면
가슴에 묻고
사는 말이 너무 많습니다

때로는
가슴 아픈 말이 있어도
우리 곁에 아직은
가슴 따스한 말들이
더 많이 있기에

때로는
슬픈 눈물이 더 아름답게
보일 때가 있는가 봅니다.

힘든 밤 그 속에서

나 이젠
너무 지쳤나 봅니다
이렇게 마음이 공허한 날엔
당신이 참 그립습니다
나의 마음을 곧잘 읽어주던
당신이 많이도 보고 싶습니다
나이를 먹어선지
울고 싶어도 참아야 하고
마땅히 울 공간도 없습니다

우리의 인생
길면 얼마나 길까요
우리의 사랑
이렇게 읽다만 책처럼 이쯤에 접어두고
살아가야 하는 건가요

당신의 사랑
거짓 사랑 아니였던 거
잘 알고 있습니다
우리 서로가
그 누굴 만나
행복하다 하더라도
우리의 사랑
그렇게 쉬이 없어질까요

바람으로 불어온 그대향기 그리움에 날리고

희미한 약속을 남겨 놓고
세월 속에 묻힌 당신이여
무정합니다
참말로 무정합니다
당신의 행복이 나의 행복이라고
난 늘 버릇처럼 말하지만
사실은 수용하기
힘들다는 걸
진정 당신은 아는지요

바람 부는 오늘밤
창틀이 덜컹이는 소리에
나 울고만 싶습니다
참말로
많이 많이 울고만 싶습니다.

바람으로 불어온 그대향기 그리움에 날리고

1995년 3월 10일 금요일에

그대와 시간을 같이하던
그 해 겨울은
하얀 눈 때문에
많은 추억을 만들었지
몇 해 지난 지금도
그래선지 눈만 보면
추억이 떠오르고
가슴 속에 고여 있던 그대 그리움이
눈물로 솟는데
가을이 다갈 무렵이면
이젠 눈이 내리겠지 하는 생각에
미리부터 몸살을 앓는데

그런데 오늘은 웬일인가
봄의 문턱에 들어선 것 같아
한 숨 놓았더니
한겨울에도 볼 수 없었던
심한 눈발이
왜 저리도 쉬지 않고 내리는가
왜 저리도 야속하게만 내리는가.

바람으로 불어온 그대향기 그리움에 날리고

당신이란 버팀목

몹시 아프고 짜증이 나는 오후입니다
햇살은 따스하고
은행 나무의 작은 잎새들은 팔랑이며
연신 즐거운 듯합니다
눈물이 나올 만큼 경이로운 가을 풍경 앞에서
난 늘 겨울처럼 춥게만 느껴집니다
남몰래 그리워하거나 사랑한다는 것
그 어떤 마음의 무게도 감수해야 하는 건지
살면 살수록 더 복잡함을 온몸으로 느낍니다
언제까지
이렇게 시간을 보내야 하는지 묻고 싶습니다
언제까지
나 이렇게 버틸런지

이젠 당신이란 버팀목이 필요합니다
돌아올 순 없나요.

바람으로 불어온 그대향기 그리움에 날리고

이별

역 광장
바람에 나뒹구는
하루 지난 신문같이
나 또한 그대에게
그런 의미 없는 존재라는 걸

그것은
이별이 주는 큰 아픔이었지
밤하늘 별처럼
보이지 않는 혼자만의 가슴앓이였지

그러나 그대
우리 이 순간 아무렇게나 말하진 말자
나 그대 지워 버리기엔
그대 나 지워 버리기엔
아직 너무 많은 세월이 남아 있기에.

바람으로 불어온 그대향기 그리움에 날리고

저에겐

아직도 못다한
가슴 시린 언어들이
가을빛으로 물들고 있습니다
늘 당신 곁에서
시간을 같이 보내려 했는데
너무 이른 이별이
선을 그어 놓은 지금
내 사랑
눈물이 되고
바다가 되고
하늘이 되어만 갑니다.

제3부

계절 속의 사랑

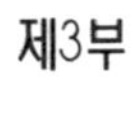

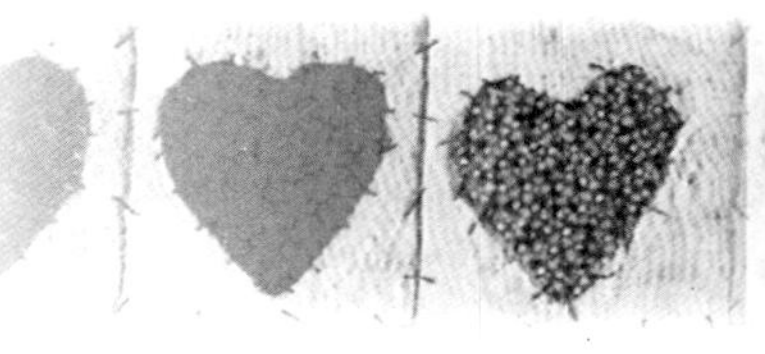

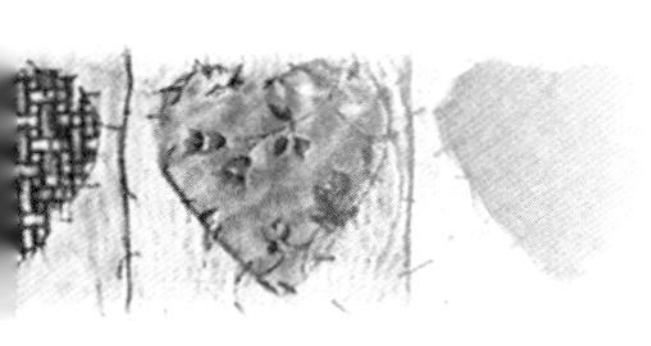

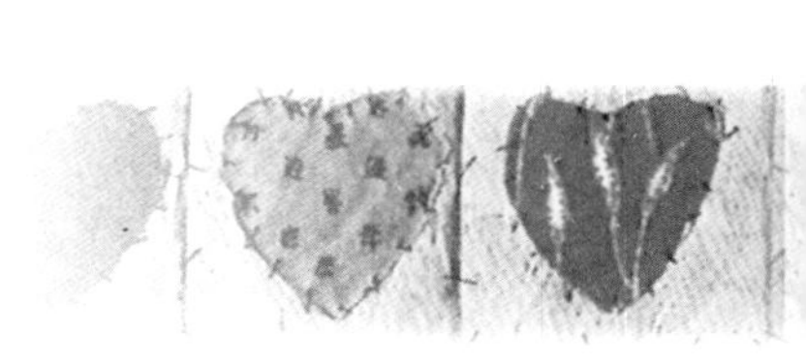

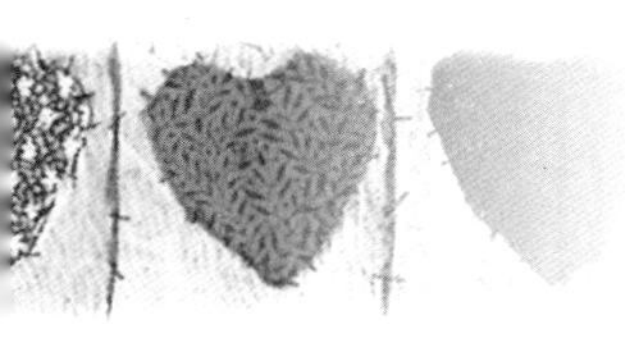

가을만 되면

모처럼 가까운 곳의
작은 공원을 지나쳤습니다
푸른 잎들도 제법 나름의
가을색으로 곱게 물들어 있었습니다
그런 가을잎들이
하나 둘 떨어진다고 생각하니
두 눈 가득 눈물 고여
하마터면 뚝 하고 떨어질 것만 같았습니다

아직도 어린 건가요
아니면 너무 감성적인 세계에 맴돌고 있어선가요
이맘 때면 이유 없이 찾아오는 쓸쓸함 때문에
떠나간 그대가 더 간절히 생각나고
깊은 그리움의 추억으로 야위어만 갑니다

따스한 한 잔의 커피보다 더 따스했던 사람
떠나는 뒷모습마저 아름다웠던 사람
보이지 않는 곳에 있어 더 향기롭던 사람
이렇게 하늘이 파아란 가을날이면
그대 가을 꽃향기 되어
바람으로 바람으로 불어옵니다.

바람으로 불어온 그대향기 그리움에 날리고

고향 그리기 · 1

한적한 내 고향 같은 곳
그런 곳에 살고 싶어라
둥그런 지붕에 하얀 별빛 머금은
둥그런 박이 몇 개
분만을 기다리고
툇마루에 앉아 마당을 바라보면
반쪽으로 나뉘어진 붉은 고추가 금빛 씨를 반짝이고
싸리꽃 울타리 가장자리엔
구릿빛 가슴을 볼록 내민 항아리가
한껏 풍성함을 주는 곳

뒤꼍 밤나무에선
검붉은 가슴을 드러낸 연록색 밤송이가 있고
벌통에는 향기롭고 달콤한 꿈을 나르는
벌이 있으면 무엇보다 좋겠다
울타리 밖엔 손바닥만한 텃밭이 있어
상추며 고추, 오이 등을
갈아 먹었으면 더더욱 좋겠다

앞쪽으로는 작은 개울이 있어
여름밤 먹도 감고
여름 식욕을 돋우는 골뱅이도 잡고
신작로를 따라 집에 들어서면
반갑게 맞아주는 삽살개가 있고

한가로이 노니는 닭이 있으면 좋겠다

긴 바지랑대 빨랫줄에는
하얀 옷이 싱그러운 바람에
더욱 하얀 빛을 내는 곳
그런 곳에 살고 싶어라

밤이면 달님이 맑은 빛을 뿌리고
새벽이면 이슬 머금은 봉숭아 꽃이
눈이 시리도록 아름다운
그런 곳에 평생 살고 싶어라.

고향 그리기 · 2

여름 아침 햇살이
미루나무 잎새 사이로 와르르 부서지는 날
난 아카시아꽃 따기에 정신이 없었다
떡도 만들고 마구 그냥 먹기도 해서
배탈이 나기도 했지만
난 줄줄이 늘어지는 아카시아 꽃 타래를
유난스레 좋아했었다

아카시아잎으로 옆집 미순이와
가위바위보 놀이를 하면서
읍내 장을 보러 간 어머니를 기다렸었다
어머니는 늘 과자나 사탕을
사 가지고 오셨기 때문에
더 간절히 기다렸었나 보다

밝은 밤이면 대추나무 사이로
새어나오는 달빛 속에
멍석에 둘러 앉아
삶은 옥수수와 감자를 먹곤 했었다

이젠 두 번 다시 되돌아갈 수 없는
어린 시절의 여름 추억
잠시 눈을 감아본다

큰 오이를 하나 따서
까맣게 돋은 작은 가시들을
손으로 문질러 떼 버리고
오이를 건네 주던 할머니의 모습

들새들의 놀이터도 되던
네 다리에 밀짚 지붕인
참외 냄새나던 원두막
멀리 홍사리 꽃이 흐드러지게 피던
7월 하순의 풍경이
눈물겹도록 그리워진다.

단 한 가지만 가르쳐주면

가을 내음을
나뭇가지에 꺾어온 사람

안개 낀 낯선 곳에서
따스한 마음을 열어
행복을 보여주었던 사람

첫만남부터
언젠가 떠난다는
말을 던져놓고
좋은 추억만을 만들어 준 사람

시간이 흐르면서
이별이 두려워
숨이 막혀오거나
이별의 꿈을 꾸고 난 뒤
가슴 졸이게 만들던 사람

그래도
그대 떠날 때
붙잡진 않을래요
사랑의 추억 다 가져간다 해도
붙잡진 않을래요

바람으로 불어온 그대향기 그리움에 날리고

그러나
보이지 않게
꽃물처럼 번진 정
어떻게 해야 하는지
그것만 가르쳐 준다면

떠나는 그대
굳이 붙잡진 않을래요.

바람으로 불어온 그대향기 그리움에 날리고

산장에서

작은 창 너머로
손바닥만한 물빛 하늘이 보이는 곳

꽃잎으로 수놓은 방문 창호지에
감빛 노을이 물들면
고운 향기가 소록소록 가득합니다

흙벽 한켠엔
가지며 옥수수가
감자며 호박이
정겨움과 풍성함을 주고
밤이면 물고기 모양의 풍경이
별빛만큼 초롱한 소리를 내곤 합니다

푸른 달빛 걸린 창가에 서서
진한 녹차를 마주하면
이 산장에서 보냈던 우리들의 시간이 떠올라
시린 눈물이 나지만
추억이 이렇게 가슴에 남아 있는 한
당신은 나의 추억이고
나 또한 당신 추억임을 생각하면
밤마다 내 살을 깎던 그 그리움은
눈물 마를 날 없는
아팠던 그 지난 사랑은

이 산장의 공간처럼
한없이 편안한 쉼터가 되어 줍니다.

바람으로 불어온 그대향기 그리움에 날리고

행복만들기

어느 샌가 목련꽃도 눈부시게 피었고
개나리꽃도 작은 별무리처럼 피었습니다
얼마큼의 시간이 흐르면
계절은 똑같은 모습으로
또다시 찾아오지만
당신은
아니 나 또한
조금은 다른 모습으로 찾아옵니다

그러나
맘속에 담아 놓았던
지난날 우리들의 사랑 느낌은
계절처럼 변함없이 찾아옵니다

아마도
그런가 봅니다
행복은 멀리 있지 않은가 봅니다
오늘처럼 맑은 봄날
햇살 드리운 창가에 앉아
차 한 잔 마주하면
그대 향한 내 느낌
내 가슴에 호흡하면
난 너무도 행복하기 때문입니다.

가을 이별

그대
미처 추억 담지 못한 채
여러 색의 행복과 슬픔
남겨 놓고 떠났습니다

떨어진 추억 조각 주워
혼자서 여행하다가
한적한 시골길
한참을 걸었습니다
미루나무 꼭대기에 까치집 걸려 있는 시골집
조그만 창문을 통해
뒤꼍에서 낙엽지는 소리가 들립니다
가끔 바람이 불 때면
서걱서걱 소리를 냅니다

그대 마지막 남긴
눈물 담긴 미소처럼
내 가슴에도
아슴아슴 아픔이 흐릅니다
저 낙엽이 다 진 후에
난 떠나야겠지요
허무보단 희망을 간직한 채
눈물보단 웃음을 간직한 채.

바람으로 불어온 그대향기 그리움에 날리고

아침 모자이크

긴 겨울밤이 지나고
목을 움츠리게 하는
아님 손을 비비게 하는
싸아한 아침
난로를 켜고
음악을 틀고
촉수 낮은 조명등 아래에서
따스했던 그날의 추억을
한 조각 한 조각 꺼내어
그대 그리움을 모자이크합니다

겨우겨우 완성된
모자이크 속 그대는
아직도 예전처럼
도라지꽃 같은
하얀 미소를 보내고 있습니다.

오전 풍경 속에서

맑은 듯 고요한 오전입니다
여전히 음악은 있고 담배도 있습니다
칼칼해진 목구멍이지만
그대 그리움 삼키느라
많이도 아팠던 목구멍인지라
때론 가여우며 대견스럽기도 했습니다
제각기
자신의 일에 충실하느라
오늘 거리는 다소 한산한 편입니다
나만이
그대 추억 되새기느라 이렇게 분주할 뿐입니다
예전 이때쯤이면
여름 휴가 짜느라
전화만 계속했던 것 같습니다
그러나 그것도 많은 시간이 흐른 뒤엔
꿈결처럼 아름다우니

인생의 마지막 정착지에선
모든 것이 정말 후회 없이
아름다웠으면 합니다

그대여
부는 바람에서 향기가 나는 듯합니다
그 밤 꽃피던 사랑의 진한 향기처럼 말입니다.

바람으로 불어온 그대향기 그리움에 날리고

노오란 병아리처럼

알 수 없는 색깔을 남겨 놓고
가을 속으로 사라진 당신
단 한가지 색이라도
알 수만 있다면 이렇게까지
여러 갈래 갈등의 뿌리는
내리지 않았을 텐데
당신 그렇게 떠나간 뒤
봄볕 노오란 병아리처럼
모이 한 번 쪼아 먹고 하늘 한 번 보듯
나 또한 추억 한 번 먹고 하늘만 보았더랬습니다.

바람으로 불어온 그대향기 그리움에 날리고

첫눈 내리는 날엔

그대를
그대를 만나면서
첫눈이 내리면
만나자던 그 카페
오늘 내린 첫눈
허겁지겁 달려와
우리가 늘상 앉았던
그 카페 그 자리에 앉아
결국 체온 잃은 차 한 잔
남겨 놓고 나옵니다

얼마큼의 겨울이 오고
첫눈이 내려야
그댈 만날 수 있을까요

찬바람에 느끼는
온몸의 냉기
그러나 뜨겁게 흐르는
우리들의 추억.

바람으로 불어온 그대향기 그리움에 날리고

바다 스케치

오랜만에 찾은 겨울바다
소금내음 나는 모래밭을
걸어봅니다

떠나는 사람도
남은 사람도
다들 외롭고 그리워서
찾는 겨울바다

그들 모두의 가슴에
추억 한 편 소중히 기억되듯
그대 보내고 찾은 바다에서
모래 서너알
바람 한 점
파도 몇 조각
가슴 속에 소중히 담아
야간 열차에 몸을 싣습니다.

눈 내리는 날

모처럼만에 내린 눈
커피 한 잔 들고 음악을 들으니
그리운 그대 그려집니다
착한 사람
순한 사람
이별 후
그대 사랑 잊기 위해
그대 미워한 건
더더욱
그대를 사랑한다는 걸
가만히 느끼게 합니다

창 밖엔 온통 하얀 세상인데……

바람으로 불어온 그대향기 그리움에 날리고

크리스마스 이브

모두 다 잠든
크리스마스 이브

흰눈이 내려
어깨에 앉기도 하고
신발에 앉기도 하고
거리를 하얗게 채우기도 한다
한때
그대와의 사랑이 눈처럼
내 가슴을 온통 채우기도 했는데
반짝이는 트리
신나는 캐롤

새벽 네 시
그대도 나도
보내고 싶으면서 보내지 못하는
크리스마스 카드를 만지작거리겠지
그리고
커피 한 잔 들고 유리창 곁을 서성거리겠지
음악도 낮게 깔고 촛불 몇 개 밝히고
긴 일기를 쓰겠지
추억 하나 하나 끌어올리며
마치 어부가 그물에 걸린 고기를 빼듯이
정성스레 추억을 건져 올리겠지.

바람으로 불어온 그대향기 그리움에 날리고

여행길에서

삐걱거리는 나무 계단이 인상적인
바다가 보이는
커피 향기 짙은 찻집
반쯤 비운 커피잔을 앞에 두고
부서지는 파도와 시원한 여름을
손바닥만한 엽서에 담아봅니다

소도시의 역이 운치 있는
산이 보이는
등나무 벤치에 앉아
아직 도착하지 않은 기차를 기다리며
흔들리는 작은 꽃들과 그대의 보고픔을
손바닥만한 엽서에 담아봅니다.

바람으로 불어온 그대향기 그리움에 날리고

구월과 시월 사이

구월이 되었습니다
해마다 내가 앓는 시월이
그만큼 가까이 온 것입니다

한때
가장 좋아하고
제일 싫어하던 시월은
아직도 나에게
많은 것을 남겨줍니다
안개 피어오르는 밤
쌓인 낙엽을 밟을 때면
진정 나 자신을 느낄 수 있는
의미있는 시간이기도 했습니다

빨리 구월이 지나가길
손꼽아 기다립니다
앓아도 앓는 만큼
성숙한 좋은 느낌을 주던
나의 시월이기 때문입니다.

겨울 외투를 입으면서

그대의 마지막 모습을 본 지도
그대와 마지막 전화통화한 지도
세 벌의 두꺼운 외투를 입었습니다

그러나
그대와 자주 들렀던 서점엘 가도
그대와 자주 거닐던 거리엘 가도
그대와 자주 찾던 찻집엘 가도
그대와 닮은 뒷모습만 보아도
그대와 닮은 목소리만 들어도
예전처럼 늦은 밤 전화벨이 울려도
여전히 그대가 생각나고
여전히 나는 울고 맙니다

몇 벌의 두꺼운 외투를 더 입어야
그대 잊음의 끝이 있을런지……
오늘 따라
겨울 외투가 더더욱 두껍게만 느껴집니다.

바람으로 불어온 그대향기 그리움에 날리고

겨울편지

인생의 긴 여정에서
바람처럼 나타나
그렇게 바람처럼 떠나간 당신

만남 그날 이후부터
언젠간 떠날 타인이라는 걸 알았지만
제 마음은 떨림뿐이었습니다

보고 싶다라는 말보다
더 간절한 말이 없나 생각하는 지금
떨려 힘없는 손
감추고 싶은 밤입니다
쏟아지는 가느다란 물줄기
숨기고픈 밤입니다

쉬이 잊는 당신과
쉬이 잊지 않는 나
세월이 흘러
퇴색된 만남이더라도
우리 예전처럼
그 느낌 그대로 만났으면 합니다

당신이 내 안에 올 수 없고
나 또한 당신 안에

들어갈 수 없는
아마도 이런 것이
운명인가 봅니다
묻히고 묻고
살아가는 것처럼 말입니다

이 겨울밤
당신과의 추억 못 이겨
편지를 씁니다
영원히 보낼 수 없는
받아볼 수도 없는 편지를.

바람으로 불어온 그대향기 그리움에 날리고

오월의 투명한 사랑

맑고 맑은 오월입니다
잊혀지는 옛 연인에게
오월의 향기 가득 담은
엽서 한 장이라도
순수하게 보내고픈
그런 오월입니다

당신은 참으로
나에게 관대했습니다
그림 그리기에 불편해 하던 나에게
작업실까지 준비하고
나의 피곤함
밤이면 덜어주기 위해 애쓰던 정성

그런 당신을
난 외면했지만
아니 끝내 당신이
나를 외면했지만

그러나
우리는 잘 압니다
사랑하기 때문에 헤어진다는
그 깊고 깊은 의미들을.

바람으로 불어온 그대향기 그리움에 날리고

봄의 길목에 서면

싱그러운 햇살이 부서지는 오후
개나리색 커튼을 걷고
창문을 열면
코 끝까지 밀려오는
한웅큼의 봄 향기

문득 생활 속에 잊혀졌던 친구에게
긴 편지를 쓰고 싶고
예전에 많은 느낌 받았던
묵은 시집을 꺼내
음악과 함께 읽고 싶습니다
물론 차 한 잔이 있으면
더더욱 좋겠구요

시간은 참으로 많이 흘러
이젠 추억을 만들기보단
희미해진 옛추억이
눈물나게 하는 시간이 많은 지금입니다

이렇게 봄의 길목에 서면
일상의 모든 것을 훌훌 털고
빈 가슴에 다시금
가슴 떨리는 설레임을
조용히 담고 싶습니다.

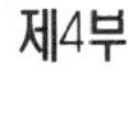

제4부

커피 한 잔의 그리움

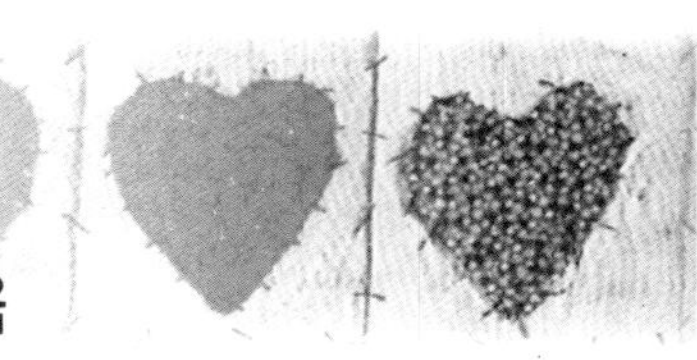

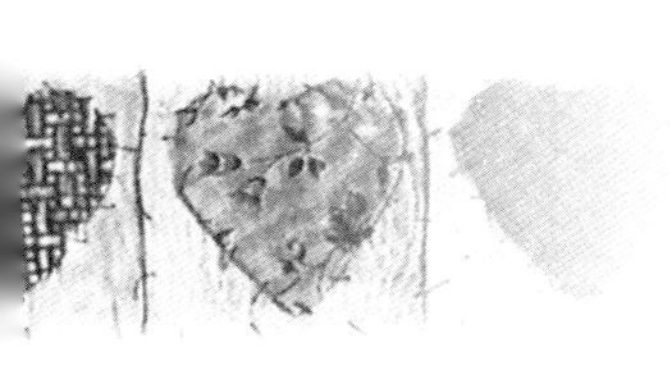

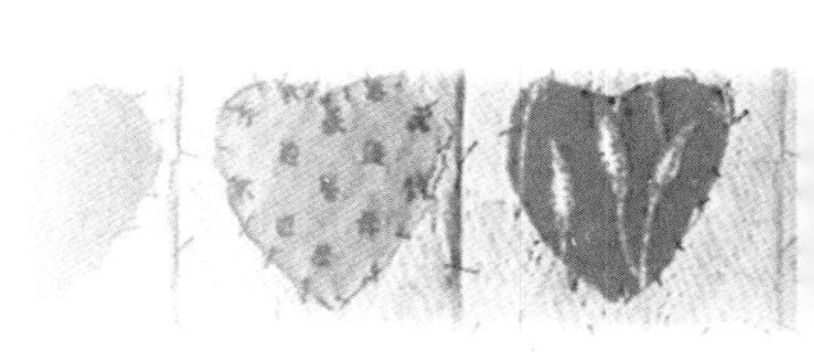

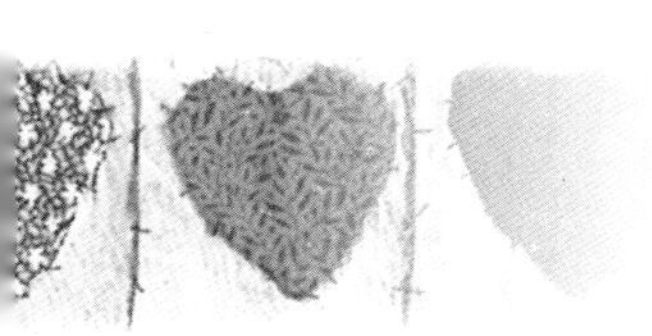

바람 차가운 날

외로움에 지친
바람 유난히 찬 날

큰 창 너머
연인들의 즐거움은
원두커피 전문점을
더더욱 크게 보이게 한다

떨어지는
나뭇잎 하나 밟고
지날 때마다
한 발자국씩 한 발자국씩
묻어 나오는 그대 그리움

오늘같이
바람 찬 날엔
따스한 커피 한 잔보다
그대 그리움이 갈증나
눈물로 채워보는
진한 추억 한 잔.

바람으로 불어온 그대향기 그리움에 날리고

화실에서

모처럼 들른 화실엔
우울한 눈빛으로
날 더 깊은 외로움으로 끌고 가는
줄리앙 석고상이 있었습니다
이젤 앞에 앉아 붓을 잡았습니다
그 동안의 방황이
헛된 시간이 아니라 생각하면서
추억 속의 그 여수 바다를 그려 보았습니다
노을 속에 일렁이는
검붉은 바다를 그렸습니다

당신을 보내고 나 혼자 지내던 시간
왜 그리도 힘들고
왜 그리도 외롭고
왜 그리도 눈물이 나던지
난 당신을 소유하려 했나 봅니다
진정한 소유에 대해 잘 몰랐던
지난날이었습니다

앞으로 다가올 당신의 모든 것
이젠 순수히 받아들이겠습니다
애써 잊음은
또 다른 아픔만을 낳기 때문입니다

바람으로 불어온 그대향기 그리움에 날리고

가끔 생각나면 생각나는 대로
그래서 외로우면 외로운 대로
눈물이 나면 눈물이 나는 대로
흐르는 시간 속에서
아름다운 마음과 눈으로
세상을 아름답게
바라보며 살아가겠습니다.

뒤안길에서 · 1

전
참 나쁜 사람인가 봅니다
몸이 아프거나 일상의 권태로움이
찾아오면
왜 당신을 생각하는지

전
참 바보인가 봅니다
만날 수가 없는 당신이
괜시리 전화라도 할 거라 생각하는지

그리고 전
참 미련둥인가 봅니다
잊어야 할 추억을 날마다 꺼내어
예전의 느낌에 젖어 드는지

이렇게 여름의 문턱에 앉아
허한 마음과 멍한 눈으로
깊은 상념에 잠겨 봅니다
그때 마시던 커피는 더 진하고
그때 맡았던 꽃의 향기는
더 향기롭고
그때의 그 모습들은
더 멋있고 진실해 보입니다.

바람으로 불어온 그대향기 그리움에 날리고

뒤안길에서 · 2

지나온 세월의 겹만큼이나
제게도 당신을 그리워한 날
참 많았답니다
어느 하루 한 시간이라도
당신을 잊고
내 생활에 익숙해지려
남몰래 애써도 보았지만
쉬이 그럴 수가 없었습니다

아!
세월의 뒤안길에서
우리 서로
나이 든 모습으로 마주친다면
그래도 당신 모습 보는 것만으로도
진정 행복할 수 있음을
그 순간 흐르는
눈물
그 눈물은
장미꽃보다 진한
핏빛보다 더 진한
처음이자 마지막 보는
그런 눈물일 겁니다
그래도 전 한없이 행복할 것만 같습니다.

바람으로 불어온 그대향기 그리움에 날리고

커피 느낌

여행 중에 중독될 정도로
참 많은 양의 커피를 마셨다
그러나 기분이 좋은 것은 왜일까
새벽 바다를 보며 마신 커피는
힘과 희망을 주었고
오후 기차역에서 마신 커피는
햇살만큼 따스함을 주었고
별빛 담은 밤 커피는
사람의 여유와 뒤안길을 바라보게 했다

그리고
그 하루 세 번 커피의 공통점은
달콤하면서도 씁쓸한 향기가
가슴에 진하게 남는다는 것이다.

뒤늦은 깨달음

큰 창을 통해
가을 햇살 한웅큼
방 가득 들어온 오후 세 시
사랑하는 그대와 차 한 잔 마주하며
웃음 아닌 그 자체만으로도
행복할 수 있었음을
왜
떠난 후에야 알게 되었을까.

바람으로 불어온 그대향기 그리움에 날리고

비오는 날 느낌 조각

창 밖은 온통 빗소리뿐
음악과 담배와 커피로 맞는 이 시간
예전엔
비를 바라보며 마주한 사람과 행복했었는데
오늘 이 비는
왜 이리 축축하기만 할까
보고 싶어도 차마
만날 수가 없는 타인이라서
고개 숙여야만 하는 먼 사이라서 그럴까
못 견디게 보고 싶던
그 수많은 불면의 밤과 새벽 속의 그 사람
세상 살아가지 못할 듯한
그런 감정들을 던져 주던
내 생활의 전부였던 사람
멈출 줄 모르고 내리는 비를 보면서
오늘은 웬지 그 누구도 그리 쉽게는
사랑하지도 마음 주지도
못할 것 같은 느낌에 젖는다

커피

커피 메이커에서
한 잔의 커피를 가득 부어
창가에 다가서면
불현듯 밀려오는
아련한 추억보단
엄습해 오는 고독
이렇게 고요한 밤
애꿎은 커피만
연거푸 마시다
새벽을 맞는다

며칠째.

바람으로 불어온 그대향기 그리움에 날리고

아름다운 사랑

불면의 새벽
한 잔의 커피와
적막한 밤하늘을 아프도록 사랑하는 만큼
난 오늘도 그대를
눈이 아프도록
아리게 사랑하고 있습니다.

바람으로 불어온 그대향기 그리움에 날리고

사랑과 좋아함

모순을 운명이라고 생각하기엔
너무 어렵습니다
기다림의 한계는 정말 없는 것 같습니다
찰나부터 숫자를 헬 수 없을 만큼의
그 기다림엔
그리움도 서글픔도 기쁨도
인생의 진한 향기도 담겨 있습니다
기다림 속에 숨쉬는 사랑
이젠 당신을 사랑한다는 말보다
차라리 좋아한다고 말하고 싶습니다
사랑은 이별을 거의 동반하지만
좋아함은 잠시 떨어져 있을 뿐이잖아요
그건
언젠가는 만날 수 있는
보이지 않는 약속이기도 하니까요
이젠 당신을 좋아할 겁니다.

바람으로 불어온 그대향기 그리움에 날리고

향기

살고 싶다
진정 나를 위하여
그대 향기에 취해
잠 못 드는 밤
이젠 정말 없었으면 한다
알 수 없는 향으로 다가와
온 시간을 물들이고
아침이면 말끔히 사라지는
그대 향기.

바람으로 불어온 그대향기 그리움에 날리고

저에게 있어 그대는

연갈색 유리창에
가을바람이 부딪쳐 흩어지는 즈음
저려오는 가슴 언저리
추억으로 출렁입니다
이제는
장님이 아니면서도
볼 수 없고
두 다리가 멀쩡해도
찾아갈 수 없는
그렇습니다
적어도 저에게 있어
단 한 사람
그대는
마주할 때나
뒤돌아선 후에도
가슴 낮게 떨려오는
잔잔한 슬픔 속
노을처럼 번지는
여러 색의 그리움이었습니다.

바람으로 불어온 그대향기 그리움에 날리고

서성거림의 이유

깊은 포옹을
마지막으로
그대
내 곁에서 멀어져
안개 속에 묻힐 때
난
또 다른 사랑을 찾아
수많은 시간을
헤매이라 하는 건가요

가슴 열어
사랑 보여준 그대
추억 고여 앓는 나
얼마큼 더 아파해야
그대
그리움의 끝이 보일런지

그대는
모르겠지요
그리움 온몸으로 젖어와
나 이곳을 떠나지 못하고
평생 홀로 서성거림을.

새벽 3시

당신과 그렇게 멀어진 후
지금껏 새벽 3시까지는
정말 잠을 이룰 수가 없었습니다
당신 그리움 못 이겨서가 아닙니다
당신 추억 못 이겨서도 아닙니다
다만 당신에게 죄 많았던
저를 뒤늦게 깨달았기 때문입니다
당신과 같이하면서도
당신의 아픔 한조각조차 몰랐고
당신의 슬픔을 나누어 갖기는커녕
그것도 모자라
그 슬픔을 사각사각 갉아서
나의 행복을 채웠던 저였던 것 같습니다
살아가다 보면
그런 것쯤 이해하리라
간단하게 저만의 생각으로만 접어두고
난 나의 행복을 위해
끝내 당신이란 존재를
망각하기도 했었던 것입니다
이렇게 몇 년이 흘러도
나의 죄는 점점 커져만 가는 것 같아
멀리서나마 당신의 진정한
행복과 사랑을 위해 기도합니다.

모르십니다

당신만은 모르십니다
가슴 조이며
전화기 옆에
웅크리고 있는 내 작은 모습을

당신만은 모르십니다
마음 둘 데 없어
두 귀를 모으고
창문을 두드리는 소리날까 봐
방 모서리에
쪼그리고 앉아 고개 묻은
내 깊은 사연을

뻐꾸기 시계가
열두 번을 울고 들어가더니
어느 샌가
세 번을 또 울고
들어갑니다

진정
당신만은 모르십니다.

바람으로 불어온 그대향기 그리움에 날리고

잠 못 이루는 밤에

목이 메이는 밤입니다
눈이 아려오는 밤입니다
손 뻗어 수화기 들면
당신의 목소리 들을 수 있지만
차 타고 몇 시간 가면
당신의 모습 볼 수도 있지만
내 살아가는 현실
그렇지 못함이 가슴 아플 뿐입니다
내 목소리 허공에 날려
당신에게 들릴 수만 있다면
목에 피가 나도록
천 번이고 만 번이고
외치고 싶을 때가
지나온 세월보다
더 많았습니다.

바람으로 불어온 그대향기 그리움에 날리고

그대 잊지 못하고

그대를 만나면서
내 가슴엔
하나의 커다란
의미가 자리잡았습니다

그대 떠나면서
내 가슴엔
또 하나의 커다란
아픔이 자리잡았습니다

비워 있음으로 인해
내 가슴을 차지한 그대
헤아릴 수 없는 충만한 행복이었습니다

그러나
이젠 서로의 앞날을 위해
비워야만 하는 그것은
그대와의 이별보다 더 힘겨운 아픔일 뿐입니다.

바람으로 불어온 그대향기 그리움에 날리고

깊은 그리움

찬비 내린 뒤
낙엽 쌓인
텅빈 벤치에 앉으면
그대의 미련도
그대의 추억도
긴 세월 속 바랜 채 묻히지만
그래도
가끔씩 꿈 속에서
새벽 안개 속에서
언뜻
찾아드는 그대의 뒷모습
그 풍경은
그 어떤 슬픔보다
깊고 깊은 그리움이었습니다.

바람으로 불어온 그대향기 그리움에 날리고

지워지지 않는

오늘 처음 찾은 이 도시
그대가 사는 도시에서
떠나온 거리만큼이라도
모든 것에서 멀어지고 싶었습니다
억지로 잊으려 생각하지 않아도
자연스레 잊혀지길 바랐습니다

그러나 낯선 도시 낯선 사람들 속에서
가슴을 파고 드는 밤바람
옷깃을 여미어 봐도
속속이 파고 드는 싸늘한 밤바람
복받치는 그 무엇에
눈물이 흘렀습니다
목이 메어왔습니다

난 나도 모르게
두고 온 그대를
온몸으로 간절히
그리워하고 있습니다.

바람으로 불어온 그대향기 그리움에 날리고

사랑그리기 11

바람으로 불어온 그대 향기 그리움에 날리고

지은이 • 김경구
펴낸이 • 최순철

초판1쇄 인쇄일 • 1996년 11월 11일
초판1쇄 발행일 • 1996년 11월 13일

펴낸곳 • 도서출판 등불
서울시 마포구 합정동 385-107 중앙회빌딩
전화 322-4595~6 팩스 322-4597
출판등록 • 1994년 4월 19일(제10-969호)

값 3,500원
ISBN 89-8028-050-5 03810

어느날 문득
네가 그리워지면
그러면…어쩌지? 1

임우현 시집

풋사과처럼 싱그러운 젊은 날의 사랑이야기 !

무작정 슬퍼지면?
울어버리면 되지 뭐

한없이 기쁜 날에는?
그냥 웃어버리지 뭐

그런데
오늘 또 네가
무작정 그리워지면
그러면 어쩌지?

내가 그아이를 사랑하고 있다는걸 어떻게 표현할지 모르겠어 이것이 사랑일까?

어느날 문득
네가 그리워지면
그러면…어쩌지? 2

임우현 시집

군생활의 외로움과 그리움이
잔잔한 감동으로 다가온다 !
그리운 연인에게
그리운 친구에게
사랑을 선물하세요 !

나 너를 위해
시를 써
너만을 위한
시를 써

첫만남에서
오늘까지
그리고
아주 아주 먼 미래까지
널 그리며
시를 써

나 너를 위해

가슴으로 부르는 이름 하나

김경구 시집

지울 수 없는 사랑의 이름 하나
가슴 가득 묻어두고
노래하네
이 밤 하얗게 지새우며 노래하네

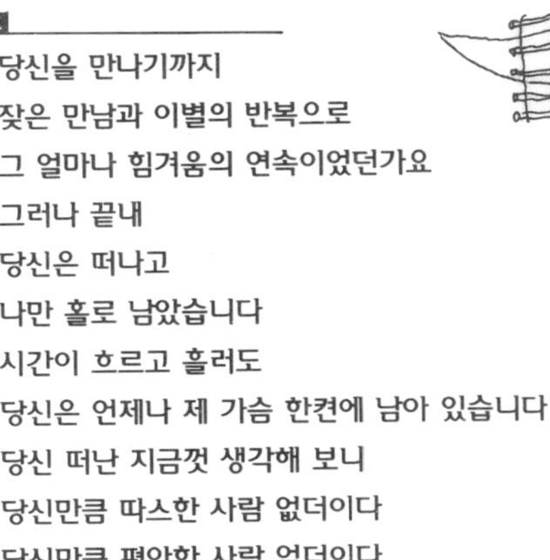

당신을 만나기까지
잦은 만남과 이별의 반복으로
그 얼마나 힘겨움의 연속이었던가요
그러나 끝내
당신은 떠나고
나만 홀로 남았습니다
시간이 흐르고 흘러도
당신은 언제나 제 가슴 한켠에 남아 있습니다
당신 떠난 지금껏 생각해 보니
당신만큼 따스한 사람 없더이다
당신만큼 편안한 사람 없더이다
당신만큼
당신만큼 나를 울리는 사람 또한 없더이다

등 불 사 랑 그 리 기

다음 세상에 우리 연어가 되기로 해요

정재희 시집

가슴을 울리는 순결한 사랑의 언어 !

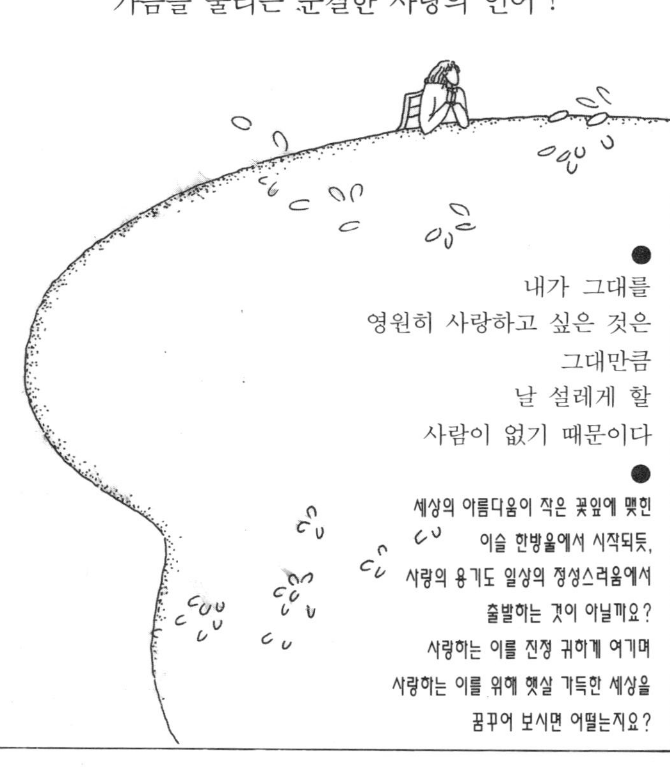

내가 그대를
영원히 사랑하고 싶은 것은
그대만큼
날 설레게 할
사람이 없기 때문이다

세상의 아름다움이 작은 꽃잎에 맺힌
이슬 한방울에서 시작되듯,
사랑의 용기도 일상의 정성스러움에서
출발하는 것이 아닐까요?
사랑하는 이를 진정 귀하게 여기며
사랑하는 이를 위해 햇살 가득한 세상을
꿈꾸어 보시면 어떨는지요?

사랑으로 우리 함께 하는 날이 온다면

김진수 시집

젊은 날의 사랑과 이별 그 향기가 느껴지는 책!

이 어둔 세상에 사랑의 빛이 되고 싶었던

한 어린 왕자의 얘기를 담은 한편의 드라마처럼 펼쳐질 이 시집을

여러분들과 함께 하고 싶습니다. 좋아했던 기억, 행복했던 기억, 사랑했던 기억,

즐거웠던 기억, 슬펐던 기억, 괴로웠던 기억들이 한 페이지 한 페이지를

넘길 때마다 여러분의 가슴속에 스며들었으면 하는 바람입니다

- 작가의 말 중에서

어느날 문득 네가 그리워지면 그러면…어쩌지? 3

향기있는 추억보다는 나만의 사랑을 원해요

임우현 신작 시집

소박하고 진솔한 언어의 감동이 느껴지는 시!

작은 사랑을 꿈꾸는
시인 임우현의 진지한 고백!

난 천사가
되었으면 해

아무도 모르게
그대만의 꿈속에 나타나
우리만의 행복한 천사가 되었으면 해

힘들어도 고달퍼도
희망을 줄 수 있는
그런 천사가 되었으면 해

사랑하는 사람이 곁에 있다면

그 사람에게 한번 더 사랑한다고 말하세요

최애리 시집

사랑하게 될 연인이라면
처음 본 눈빛에서
이미 예정되는 운명

숨길 수도 없지만
숨긴다 해도 들켜 버릴
우연처럼 이어지는 만남

느끼는 사랑을 확인하려
맘에도 없는 타인을 안아 버리는
가슴에 이는 질투

진정 사랑하기에
떠날 수밖에 없는 이별

멀리 있기에 더욱 간절한 사랑

다시 보지 않으면 미칠 것 같은
사랑 앞에 달려가
무릎 꿇고 하는
영원한 사랑의 고백

다시는 당신을 떠나지 않겠어.

꿈이 많은 아이
그래서 잠을 자면
꿈만 꾸는 잠꾸러기

말이 많은 아이
그래서 잠만 자면
참꼬대를 하는 아이

비밀이 많은 아이
그래서 술에 취해도
몸과 정신이 말짱한 아이

정말 엉뚱한 아이
그래서 사랑받는 아이
바로 나.

눈을 감고 내 얼굴을 그려봐

김형준 시집

순수한 사랑이 살아 숨쉬는 감성시집!

두 팔을 벌려봐 아주 크게
그래 그만큼 날 사랑해야만 돼

내 이름 크게 불러봐 아주 크게
네가 외로울 땐 내 이름을 크게 불러야 돼

눈을 감고 내 얼굴을 그려봐
아침에 눈뜨기 전 내 얼굴을 생각해야 돼

내 요구사항은 너의 마음에
항상 내가 있었으면 하는 거야

널 생각하는 내 마음만큼만

원고를 모집합니다

저의 등불출판사에서는 귀하의 옥고를 책으로 만들어
드립니다. 살면서 겪어야 했던 기막힌 사연, 길이
기억하고 싶은 추억, 자손에게 물려주고 싶은
인생경험담, 작가의 꿈을 이루기위해 써두었던
문학작품 등을 출판해 드립니다.

문장에 자신이 없거나 용기가 없어 망설이는 분을
위해 저희 출판사 편집진이 항시 기다리고 있습니다.
언제든 연락바랍니다.

· ·

모집원고 : 시, 소설, 수필, 희곡, 일기, 편지, 자서전,
문집, 회갑기념집, 사진집, 동인지, 기타
직업에 관련된 수필집 등
모집일시 : 수시
보 낼 곳 : 서울시 마포구 합정동 385-107 중앙회빌딩
등불 출판사 편집부
(㉾121-220, 전화 322-4595~6)